超級大擁抱
Le très grand câlin

作 者	瑪儂・法潔頓 (Manon Fargetton)
繪 者	季雍・畢昂寇 (Guillaume Bianco)
譯 者	尉遲秀
美術設計	簡至成
行銷企畫	劉旂佑
行銷統籌	駱漢琦
業務發行	邱紹溢
營運顧問	郭其彬
童書顧問	張文婷
第三編輯室	副總編輯／賴靜儀
出 版	小漫遊文化／漫遊者文化事業股份有限公司
地 址	台北市103大同區重慶北路二段88號2樓之6
電 話	(02) 2715-2022
傳 真	(02) 2715-2021
服務信箱	runningkids@azothbooks.com
網路書店	www.azothbooks.com
臉 書	www.facebook.com/azothbooks.read
服務平台	大雁出版基地
地 址	新北市231新店區北新路三段207-3號5樓
電 話	(02)8913-1005
傳 真	(02)8913-1056
劃撥帳號	50022001
戶 名	漫遊者文化事業股份有限公司
書店經銷	聯寶國際文化事業有限公司
傳 真	(02)2695-4083
電 話	(02)2695-4087
初版一刷	2024年3月
定 價	台幣360元

ISBN　978-626-98355-0-8

國家圖書館出版品預行編目 (CIP) 資料

超級大擁抱 / 瑪儂. 法潔頓(Manon Fargetton) 文 ; 季
雍. 畢昂寇(Guillaume Bianco) 圖 ; 尉遲秀譯. -- 初版.
-- 臺北市 : 小漫遊文化, 漫遊者文化事業股份有限公司
出版 ; 新北市 : 大雁出版基地發行, 2024.03
40 面 ; 26.6×20.8 公分
國語注音
譯自 : Le très grand câlin.
ISBN 978-626-98355-0-8(精裝)

876.599   113001859

漫遊，是關於未知的想像，嘗試冒險
的樂趣，和一種自由的開放心靈。
www.facebook.com/runningkidsbooks
小漫遊　f 小漫遊文化

大人的素養課，通往自由學習之路
www.ontheroad.today
遍路文化 on the road　f 遍路文化・線上課程

超級大擁抱

Le très grand câlin

瑪儂・法潔頓 ——文
Manon Fargetton

季雍・畢昂寇 ——圖
Guillaume Bianco

尉遲秀——譯

小漫遊

你ㄋㄧˇ們ㄇㄣ˙在ㄗㄞˋ做ㄗㄨㄛˋ什ㄕㄣˊ麼ㄇㄜ˙？
我ㄨㄛˇ們ㄇㄣ˙在ㄗㄞˋ抱ㄅㄠˋ抱ㄅㄠˋ。
喔ㄛ，原ㄩㄢˊ來ㄌㄞˊ如ㄖㄨˊ此ㄘˇ。

你們的抱抱，好久喔。

對呀。這是一個超級大擁抱。

我可以一起來嗎？

你們在做什麼？

我們在抱抱。一個超級大擁抱。

喔，我可以一起來嗎？

你們在做什麼？

超級大擁抱。 你們要一起來嗎？

喔， 好……

你們在做什麼？

我們在做一個超級大的抱抱。

有沒有人覺得不舒服？

沒有，

這是一個沒有為什麼的抱抱，

只是抱抱而已。

喔， 那我們可以參加嗎？

你們在做什麼？

我們在抱抱。

哼，我才不喜歡抱抱。

那很可惜，不過沒關係。

你們在做什麼？

我們在做一個超級久的抱抱。

你要一起來嗎？

哇喔，抱起來一定很舒服。

對呀，不是嗎？

說不定其實我會喜歡抱抱。

好啊， 那就一起來吧。

可是我現在還不喜歡抱抱喔，

我可是先跟你們說了。

好喔， 好喔。

那我來囉。

你們在做什麼？

噓。

可是， 到底，
你們為什麼要抱抱？
要做這麼大的超級大擁抱？

因為這樣會讓我們開心。

因為這樣會讓我們微笑。

因為今天早上

我本來心情不太好。

因_{ㄧㄣ}為_{ㄨㄟ}抱_{ㄅㄠ}抱_{ㄅㄠ}是_ㄕ軟_{ㄖㄨㄢ}綿_{ㄇㄧㄢ}綿_{ㄇㄧㄢ}的_{ㄉㄜ}。

因_{ㄧㄣ}為_{ㄨㄟ}我_{ㄨㄛ}可_{ㄎㄜ}以_ㄧ閉_{ㄅㄧ}上_{ㄕㄤ}眼_{ㄧㄢ}睛_{ㄐㄧㄥ}。

因_{ㄧㄣ}為_{ㄨㄟ}這_{ㄓㄜ}樣_{ㄧㄤ}會_{ㄏㄨㄟ}讓_{ㄖㄤ}我_{ㄨㄛ}更_{ㄍㄥ}喜_{ㄒㄧ}歡_{ㄏㄨㄢ}明_{ㄇㄧㄥ}天_{ㄊㄧㄢ}。

因_{ㄧㄣ}為_{ㄨㄟ}抱_{ㄅㄠ}抱_{ㄅㄠ}是_ㄕ溫_{ㄨㄣ}柔_{ㄖㄡ}的_{ㄉㄜ}。

因為……我說完了！

可是，請問……我們這樣是要去哪裡呢？

去很遠的地方。 比幾天幾夜更遠的地方。

我們的抱抱要去找一個人。

怎麼樣？

你要不要一起來？